DE FINN
W0290090

Scénario et textes : Virgile Turier et Amandine Fahy-Turier
Illustrations : Caroline Ayrault

Directrice : Sarah Kœgler-Jacquet
Directrice de projets : Sandra Berthe
Responsable éditoriale : Sylvie Michel,
assistée de Jeanne Démolis et de Lucile Barrier
Graphiste : Stéphanie Aparicio
Fabrication : Marion Gretchanovsky
Suivi éditorial : Mathilde Ricciardelli
Maquette : Nicolas Galy pour NoOok
Correction : Uscript

© 2023, Hachette Livre / Deux Coqs d'Or
58, rue Jean Bleuzen – 92178 Vanves CEDEX.
Tous droits réservés.

© Shutterstock pour les illustrations complémentaires

Dépôt légal : novembre 2023 – Édition 01.
Achevé d'imprimer en Chine par l'intermédiaire de Papersong
(info@paper-song.com) en novembre 2023.
Loi n° 49-956 du 16 juillet 1949 sur les publications
destinées à la jeunesse.

SUR LES TRACES DE L'HOMME INVISIBLE

DEUX COQS D'OR

Tout commence à Londres...

Tu te promènes dans la rue. Tout à coup, au fond d'un passage désert, un gros chat blanc et gris s'approche de toi et se frotte contre tes jambes en miaulant avec insistance. On dirait qu'il t'invite à le suivre... jusqu'à l'entrée d'un immeuble typiquement britannique. Poussé(e) par ta curiosité, tu lui emboîtes le pas... Le matou s'arrête devant la porte d'un appartement situé au rez-de-chaussée ; elle est ouverte, il pénètre à l'intérieur. Intrigué(e), tu franchis le seuil à ton tour et découvres, malgré le manque de lumière, un étrange laboratoire. Visiblement, il n'y a personne ici.

Soudain, une mystérieuse silhouette s'approche de toi et tu constates avec stupéfaction qu'elle n'a pas de visage ! Comment est-ce possible ?

« N'aie pas peur ! C'est juste une expérience qui a mal tourné... Mon nom est Finn. Je suis physicien. Voilà deux mois que je suis devenu invisible. Quelle splendide découverte, n'est-ce pas ? Au début, je me suis beaucoup amusé à me déplacer à l'insu de tout le monde. Mais cela ne me fait plus rire du tout. Et puis, j'ai fini par attirer l'attention d'une redoutable organisation secrète : Les Hommes en noir. Ils s'intéressent à mes recherches et veulent me capturer. Il faut absolument que je retrouve mon apparence avant qu'ils n'y parviennent. Même invisible, c'est très compliqué de se cacher tout le temps ! Mon chat Griff a eu confiance en toi. Et moi, je me suis toujours fié à son instinct. Accepterais-tu de m'aider ? Même s'il faut aller aux quatre coins du monde ? Pour mettre au point le remède qui me rendra visible, il faudra trouver un assistant, une formule, un composant secret et, enfin, un laboratoire suffisamment équipé pour réaliser l'expérience. Le mien ne peut pas faire l'affaire, il est trop surveillé... »

Griff s'approche de toi et miaule à nouveau... Comment lui résister ? Et puis, cette histoire est vraiment extraordinaire, non ? En route pour l'aventure !

Règles du jeu

Voici le carnet de voyage du docteur Finn, alias l'homme invisible.

Comme il vient de te l'expliquer, ce célèbre chercheur londonien veut absolument retrouver son apparence.

Dans ce carnet, Finn prévoit de rassembler les notes, impressions et récits du voyage qu'il va faire avec toi et son fidèle compagnon : Griff le chat. Vous ne serez pas trop de trois pour mener à bien cette aventure qui promet d'être pleine de surprises !

Finn va devoir trouver quatre éléments indispensables à la réalisation de son projet, au cours de quatre trajets différents, chacun parcourant une région du globe :

✦ **Le parcours vert** t'indiquera **le bon assistant** qui aidera Finn à effectuer toutes les manipulations.

✦ **Le parcours bleu** te révèlera **la formule secrète** pour redevenir visible.

✦ **Le parcours violet** te fournira **le dernier composant** pour compléter l'expérience.

✦ **Le parcours rose** t'indiquera **le lieu** où se trouve le laboratoire dans lequel Finn tentera de redevenir visible.

Commence par consulter la carte qui se trouve à la fin de ton livre et choisis le parcours qui t'attire en premier. Rends-toi à la page indiquée et résous ses énigmes. Sois vigilant(e), car certaines pistes ne se révèleront qu'en utilisant ta lampe magique. Éteins la lumière et tu les verras encore mieux ! À la fin de ce parcours, comme pour les trois autres, Finn te propose un bilan scientifique dans le but de découvrir l'un des quatre éléments recherchés (assistant, formule secrète, composant et laboratoire).

Lorsque tu as terminé un parcours, choisis-en un autre, et ainsi de suite jusqu'à ce que tu aies réuni les quatre éléments. Puis rends-toi page 42 pour tenter de résoudre l'énigme finale avec Finn ! Et Griff, bien sûr !

Munis-toi d'une feuille de papier et d'un crayon. Tu en auras besoin pour noter certaines solutions qui te seront utiles au cours de ton voyage.

Prêt(e) pour une aventure extraordinaire ? Finn et Griff n'attendent plus que toi !

Finn s'apprête à entamer son long voyage autour du monde pour trouver le remède à son invisibilité persistante. Son avion va bientôt décoller mais Griff, son chat, refuse de sortir de sa cachette. Et dans la précipitation, Finn ne retrouve ni son passeport ni son chapeau ! Peux-tu l'aider ? Attention, un mystérieux Homme en noir surveille les activités du scientifique. Sauras-tu le retrouver, lui aussi ?

Aussitôt arrivé à Stockholm, en Suède, Finn se rend à la cérémonie de remise des prix Nobel. Il est sûr d'y rencontrer les plus grands scientifiques du monde. Celui qui a reçu le prix Nobel de physique pourra probablement l'aider à redevenir visible ! Mais comment le reconnaître ? Observe-les bien car les apparences sont parfois trompeuses…

On sait qu'il porte une moustache, qu'il n'est pas le plus petit, que sa cravate est de la même couleur que ses chaussures et qu'il ne porte pas de lunettes.

MÉMO SCIENTIFIQUE

C'est à Stockholm qu'a lieu chaque année la remise des prix Nobel depuis 1901. On y récompense des hommes et des femmes pour leurs contributions dans les domaines de la physique, chimie, littérature, paix et médecine.

De passage à Paris, Finn s'est rendu dans un musée dédié à Nicolas Flamel, l'alchimiste réputé pour « révéler l'invisible ». Il y a découvert un étrange parchemin qui comprend des mots mystérieux à lire absolument à voix haute pour en décoder le sens caché. Grâce aux notes de Finn, repère les cinq éléments cités. Relève ensuite, dans l'ordre, les lettres associées et tu obtiendras un prénom. Lequel ?

Finn aimerait s'entretenir avec des chercheurs au Groenland. En route pour Nuuk, il rencontre une personne affirmant pouvoir l'aider. Trouveras-tu son nom et sa profession pendant que Finn progresse dans la neige ?

MÉMO SCIENTIFIQUE

Nuuk est la capitale du Groenland, grande terre de recherche.
Le pays compte six bases scientifiques.

Finn arrive en Suisse, à Genève, où il espère rencontrer les brillants chercheurs du CERN. Un des scientifiques de cette institution renommée acceptera peut-être de lui venir en aide ? Sur un bureau, Finn remarque une étrange lettre qui semble lui être destinée. Sauras-tu la déchiffrer ? Si oui, pense à noter le nom de son auteur !

MÉMO SCIENTIFIQUE

L'Organisation européenne pour la recherche nucléaire, plus souvent appelée CERN, est le plus grand centre de physique des particules du monde. C'est aussi au CERN que le *World Wide Web* (www) a été créé.

Finn va à la rencontre des chercheurs de l'université de St Andrews, en Écosse. Ceux-ci ont inventé une cape d'invisibilité ! Plein d'espoir, il espère qu'ils pourront l'aider à régler son problème. Hélas, les chercheurs ne lui sont d'aucune utilité... Aussi, pour s'amuser, Finn leur subtilise la cape pour la tester dans un château écossais. C'est là qu'il comprend qu'il n'est pas le seul à être « invisible » : le château est hanté ! Sauras-tu retrouver Finn parmi tous les fantômes cachés ?

Finn cherche une tenue qui dissimule suffisamment son invisibilité sans pour autant être trop originale. Il ne faut pas attirer l'attention ! Il est donc parti en Italie pour demander aux meilleurs stylistes de Milan de lui trouver un look passe-partout. L'homme invisible a toujours aimé être bien habillé, choisir ses accessoires. Quel(le) styliste lui a trouvé la meilleure tenue ?

Finn apprécie les lunettes de soleil mais déteste les bérets. Un masque chirurgical ne le dérangerait pas. En revanche, il ne veut pas de manteau long.

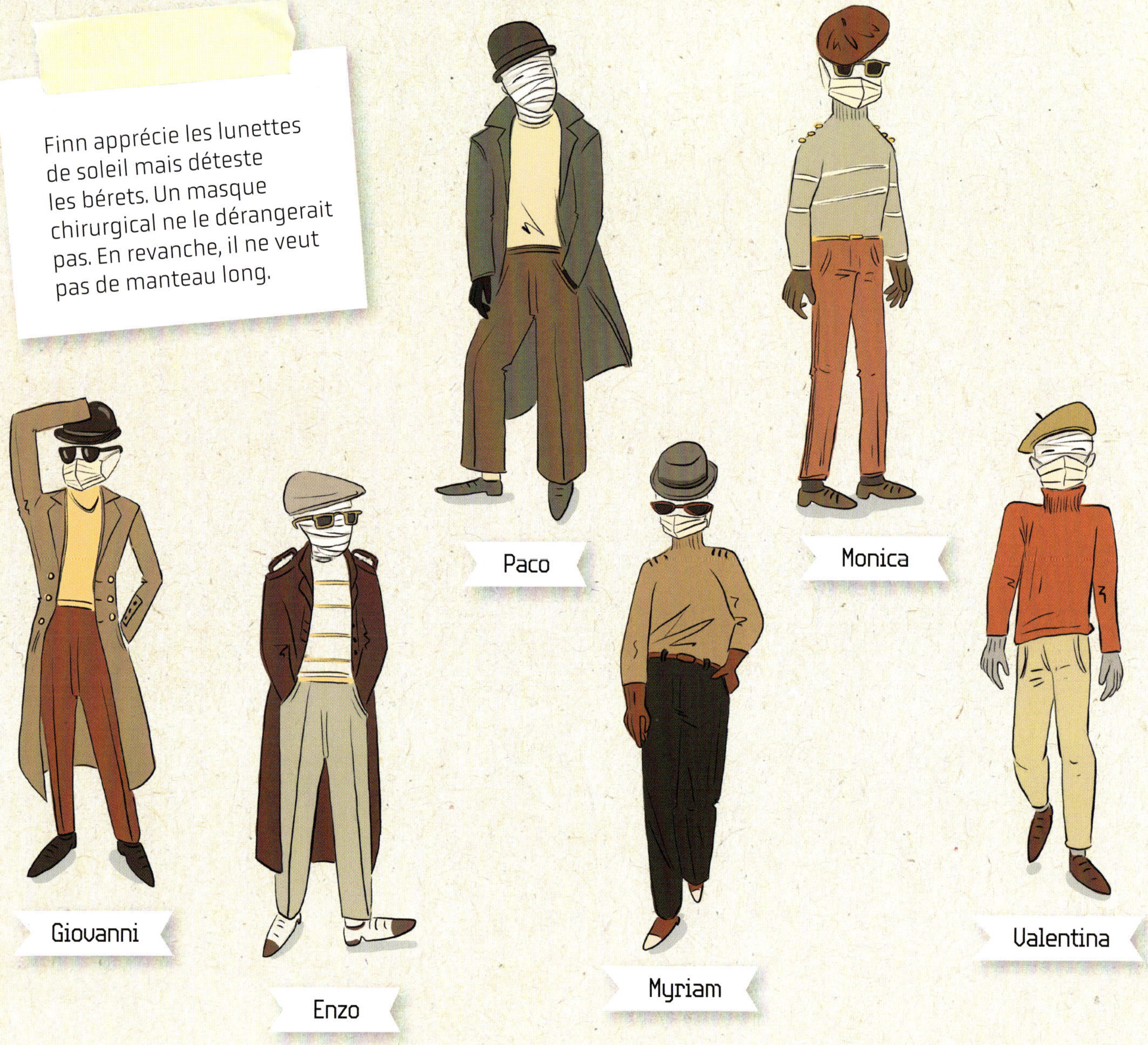

MÉMO SCIENTIFIQUE

Milan est, avec Paris, Londres et New York, une grande capitale de la mode ! Les créateurs de toute la planète y présentent leurs collections lors de défilés mondialement connus.

Finn est à la recherche d'une personne de confiance au sein de la communauté scientifique pour être secondé dans la fabrication de son remède. Il en a assez d'être invisible ! Si tu as exploré les différents lieux du parcours vert, tu ne devrais avoir aucun mal à trouver son assistant idéal ! Voilà comment procéder :

✦ Reporte-toi aux « Souvenirs de Finn » au tout début de ton livre et repère les quatre souvenirs que Finn a rapportés du parcours vert. Après avoir recopié le tableau ci-dessous, associe les lieux à leur numéro. Puis, retrouve la solution de l'énigme de chaque lieu.

Billets	Lieux	Solutions
1		
2		
3		
4		

✦ Récupère la dernière lettre du dernier mot de chaque solution. Ces lettres te donneront le prénom de l'assistant idéal pour Finn.

Une fois que tu auras réuni l'assistant, la formule, le composant et le lieu, rends-toi page 42 pour tenter de résoudre l'énigme finale !

Finn s'est rendu au Mexique, dans la mine d'argent de Saucito, pour étudier les propriétés de ce métal qui pourrait l'aider à retrouver son apparence. Guide Finn et Griff jusqu'à la sortie en choisissant les bons embranchements. Relève les lettres cachées par lesquelles ils passeront pour savoir si Finn peut tirer quelque chose de cette destination.

À l'occasion d'une correspondance à Toronto, au Canada, Finn rencontre des membres de l'Union mondiale des aveugles. C'est une rencontre exceptionnelle pour lui, car personne ne se soucie de son apparence. Pour les remercier, il leur a écrit une lettre. Pourras-tu la déchiffrer à l'aide du code caché ?

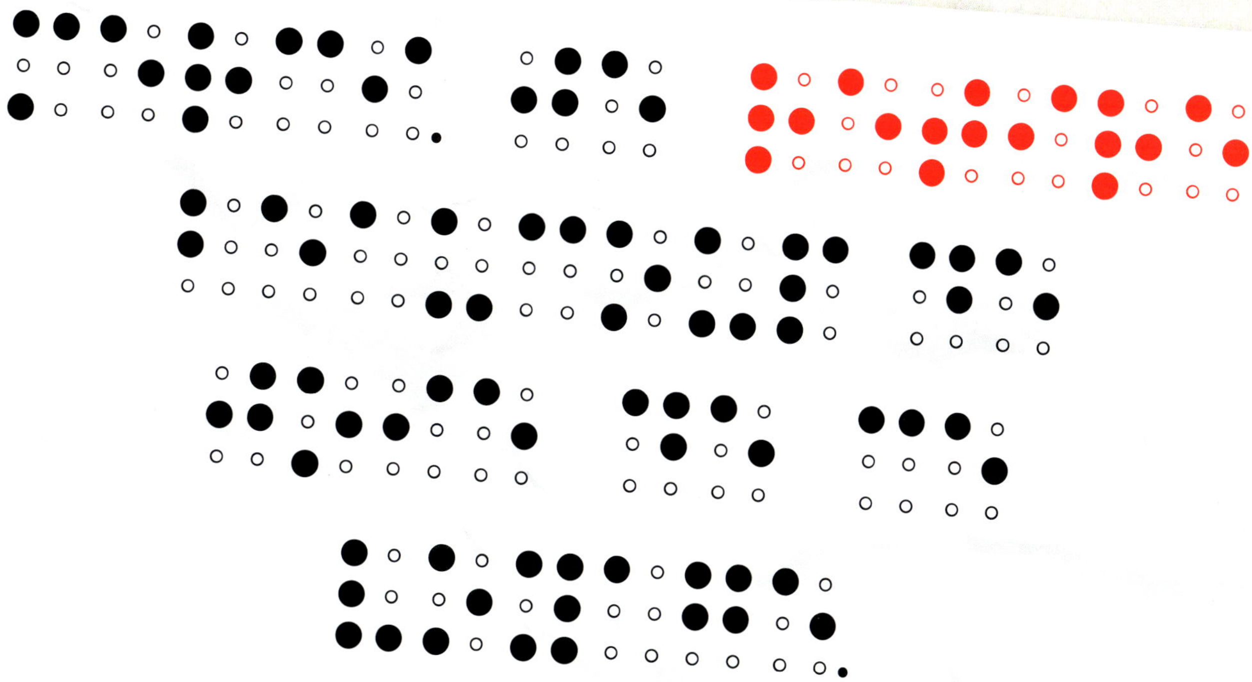

MÉMO SCIENTIFIQUE

Au XIVe siècle, un juriste irakien a imaginé un système de lecture à base de noyaux de fruits pour que les aveugles (comme lui) puissent avoir accès aux livres ! C'est au XIXe siècle que le Français Louis Braille perfectionne un système d'écriture tactile qui porte aujourd'hui son nom.

Finn rencontre les chercheurs en nanosciences de Bordeaux.
Sur une micro-puce, il découvre un code invisible à l'œil nu.
Heureusement, tu trouves un microscope dans une des salles du laboratoire.
Parviendras-tu à élucider ce message ?

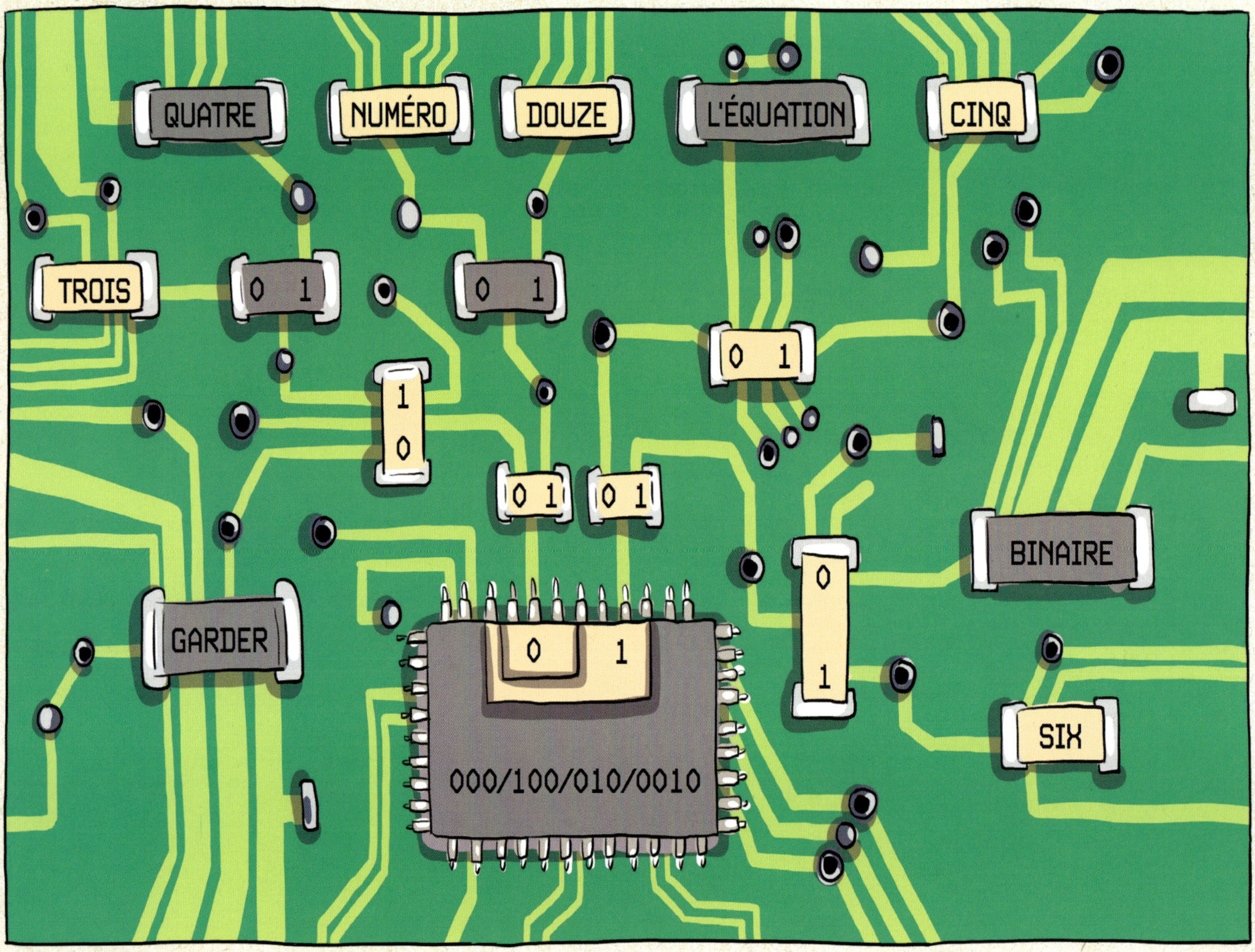

Un nanomètre est un mètre divisé par un milliard.
Un nanomètre est 5 000 fois plus petit qu'un cheveu humain.

Continuant sur sa lancée, Finn se rend aux États-Unis, dans la ville de Boston qui compte de nombreux ingénieurs en robotique. Alors qu'il discute avec l'un d'entre eux, Finn remarque une même scène sur deux moniteurs de surveillance de la salle d'entraînement des robots. La même ? Pas exactement : sept détails les différencient. Sauras-tu les repérer ?

MÉMO SCIENTIFIQUE

Certains robots sont désormais capables d'attraper des objets et de les lancer. Ces nouvelles aptitudes pourraient faire de ces machines de précieux assistants pour les ouvriers de chantier.

Le voyage de Finn l'amène à présent dans une forêt tropicale d'Amérique centrale, non loin de la ville de Panama. Il souhaite y étudier de curieux papillons transparents : les *Greta Oto*. Mais il a du mal à les apercevoir, contrairement à Griff qui s'amuse à les chasser ! Peux-tu l'aider à les repérer ? Pense à noter combien tu en auras trouvé.

À l'observatoire canadien de Vancouver, Finn rencontre les inventeurs du Vantablack, le noir le plus sombre du monde, et pour cause : cette couleur absorbe 99,965 % de la lumière. Ce matériau est notamment utilisé en astronomie et permet de mieux percevoir la lumière des étoiles. Finn en profite donc pour observer le ciel : si certaines étoiles sont visibles à l'œil nu, d'autres sont mieux cachées... Pourras-tu détecter quelle étoile n'est pas comme les autres ?

Finn s'est glissé dans une expédition partie étudier un spécimen champion du camouflage dans l'océan Pacifique : le calmar de verre.
Remets les bandes dans le bon ordre pour découvrir un message caché.

MÉMO SCIENTIFIQUE • MÉMO SCIENTIFIQUE •

Cet animal marin est surnommé « calmar de verre » à cause de sa transparence qui l'aide à se camoufler ! Suivant les espèces, la taille des calmars varie de dix centimètres à plus de dix mètres !

Lors d'une escale aux Bahamas, Finn est repéré par les Hommes en noir. Il saute dans un bateau pour tenter de les semer mais, dans la précipitation, il oublie son ordinateur ! Récupère l'objet et repère les bateaux de Finn et de ses poursuivants.

Finn a besoin d'une formule pour achever le remède contre son invisibilité permanente. Il sait qu'il peut la trouver à l'aide des équations et théorèmes expliqués dans deux des quatre livres ici réunis. Il a laissé une note, mais elle est incomplète. Grâce aux lieux visités dans le parcours bleu, peux-tu l'aider à déterminer quels livres retenir ?
Voilà comment procéder :

✦ Reporte-toi aux « Souvenirs de Finn » au tout début de ton livre et repère les quatre souvenirs que Finn a rapportés du parcours bleu. Après avoir recopié le tableau ci-dessous, associe les lieux à leur numéro. Puis, retrouve la solution de l'énigme de chaque lieu.

Billets	Lieux	Solutions
1		
2		
3		
4		

✦ Décode la note de Finn en replaçant au bon endroit chaque solution. Une fois cela accompli, tu découvriras les livres nécessaires à la formule.

[4] [3]
[2] [1]

Une fois que tu auras réuni l'assistant, la formule, le composant et le lieu, rends-toi page 42 pour tenter de résoudre l'énigme finale !

	?	

1

2

3

4

5

6

Arrivé en Russie, Finn atteint la mine d'Oudatchnaïa, l'une des plus grandes mines de diamants au monde ! Il espère percer les mystères de cette pierre précieuse afin d'exploiter les secrets de sa transparence... Parmi les six diamants ci-dessus, trouve lequel placer au centre du tableau grâce à ces trois indices :

- ✦ Un diamant carré ne peut pas être à côté d'un autre diamant carré.
- ✦ Un diamant rond doit obligatoirement être à côté d'au moins un autre diamant rond.
- ✦ Il faut au moins un petit diamant et un grand diamant dans chaque colonne.

Finn te propose de conserver le bon diamant en souvenir. Garde-le précieusement !

MÉMO SCIENTIFIQUE

Le diamant est un cristal composé uniquement de carbone.
De tous les matériaux naturels, c'est lui le plus dur.
D'ailleurs, seul un diamant peut rayer un diamant.

Finn découvre l'Académie des sciences à Beijing. Les scientifiques chinois ont réussi l'exploit de recréer un mini-soleil dans une centrale nucléaire. Pendant sa visite, Finn a consigné de nombreuses notes dans son carnet, mais Griff a déchiqueté la page ! Aide l'homme invisible à recomposer les mots de la liste. Le mot formé par les deux morceaux restants vous indiquera ce qu'il y a à récupérer ici.

BRA
É
EN
EIL
POIR
NER
TRA
CEN
SOL
GIE
RI
LE
CHI
NE
ES
VO

SOLEIL ✦ CHINE
ÉNERGIE ✦ CENTRALE
ESPOIR ✦ BRAVO

MÉMO SCIENTIFIQUE

Le réacteur à fusion thermonucléaire est le plus grand projet scientifique mondial moderne. Trente-cinq pays se sont unis pour démontrer que la fusion pourrait servir de source d'énergie à grande échelle et sans CO_2.
À ce jour, le projet est encore au stade expérimental.

En transit à Singapour, l'un des plus grands aéroports du monde, Finn doit une nouvelle fois échapper aux Hommes en noir qui ont retrouvé sa trace. Alors qu'il court avec ses bagages, la cage de son chat s'ouvre et Griff s'enfuit dans la foule. Retrouve vite Finn, Griff, les deux Hommes en noir, et indique à l'homme invisible la sortie de secours pour qu'il échappe à ses poursuivants !

Finn est parti à Bangkok, capitale de la Thaïlande, étudier les crevettes fantômes, car il trouve leurs caractéristiques fascinantes. Mais un seul des spécimens qu'on lui présente l'intéresse. Trouve la bonne crevette et repartez avec dans vos bagages !

La crevette fantôme que Finn cherche a les antennes sous sa tête. Elle n'est pas petite et a la tête baissée.

1

2

3

4

5

6

MÉMO SCIENTIFIQUE • MÉMO SCIENTIFIQUE •

Les étonnantes crevettes fantômes, appelées ainsi à cause de leur transparence, peuvent être élevées en aquarium, ce qui est très pratique car elles se nourrissent des détritus qui tombent au fond !

Arrivé au Japon, Finn arpente le parc national de Daisetsuzan où il cherche des *Diphylleia grayi*, aussi appelées « fleurs-squelettes », qui deviennent transparentes quand il pleut. S'il a du mal à les repérer, Griff, grâce à son flair, y arrive très bien ! Combien de fleurs cachées es-tu capable de retrouver ?

Il n'est pas chauve.
Il n'a pas les mains sur les genoux.
Il a de gros sourcils.

Finn ne s'interdit aucune piste pour trouver un remède à son problème. Profitant d'une escale au Japon, il va jusqu'à Kyoto pour rencontrer des maîtres zen et leur demander conseil. Ils ne peuvent malheureusement pas l'aider mais, remarquant que Finn est inquiet, l'un des maîtres lui propose de se joindre à eux pour une séance de méditation. Lequel ?

MÉMO SCIENTIFIQUE

La méditation aide à calmer l'anxiété, régule aussi le rythme cardiaque, aide à retrouver le sommeil et à renforcer ses défenses immunitaires.

Finn veut étudier un nouvel ingrédient pour sa formule : la carotte. Pouvant pigmenter la peau, ce légume pourrait, à forte dose, l'aider à redevenir visible. Il se rend en Chine, dans la région de Fuzhou, réputée pour ses cultures de carottes. Mais les champs sont tellement grands qu'il s'est perdu ! Guide-le jusqu'au panneau indiquant la sortie. Relève les lettres par lesquelles il passe pour savoir si tu repars de là avec un cadeau !

Finn a besoin d'une dernière chose pour mettre fin à son invisibilité permanente, un composant crucial. Mais il a oublié lequel ! Si tu as exploré les différents lieux du parcours violet, tu devrais pouvoir l'aider. Voilà comment procéder :

✦ Reporte-toi aux « Souvenirs de Finn » au tout début de ton livre et repère les quatre souvenirs que Finn a rapportés du parcours violet. Après avoir recopié le tableau ci-dessous, associe les lieux à leur numéro. Puis, retrouve la solution de l'énigme de chaque lieu.

Billets	Lieux	Solutions
1		
2		
3		
4		

✦ Grâce à cette comptine, tu trouveras le dernier composant dont Finn a besoin.

Tu n'as même pas besoin de .
Pour résoudre l'énigme de
Parmi que tu as récoltés,
doit être gardé.
Lequel porte le plus petit ?
Il s'agit nécessaire !

Une fois que tu auras réuni l'assistant, la formule, le composant et le lieu, rends-toi page 42 pour tenter de résoudre l'énigme finale !

Finn est arrivé à Perth, sur la côte Ouest australienne. Il a déjà trouvé un moyen de transport pour poursuivre son voyage. Mais deux Hommes en noir sont là, eux aussi ! Repère-les vite et retrouve Finn pour le prévenir ! Et si tu pouvais aussi récupérer la peluche en forme de kangourou que Griff a laissée tomber, il t'en serait reconnaissant.

Finn voyage jusqu'à Auckland, en Nouvelle-Zélande, pour observer une espèce fascinante de poisson-chirurgien. Leurs bébés sont translucides avant de devenir bleus après une cinquantaine de jours. Ils sont très difficiles à repérer dans l'eau, ce qui est pratique pour éviter les prédateurs et les curieux ! Aide Finn à étudier un spécimen particulier en retrouvant son ombre.

MÉMO SCIENTIFIQUE

Le chirurgien bleu est une espèce de poisson-chirurgien de la région Indo-Pacifique. Il mesure en moyenne 25 cm de long. Dory est sans conteste la plus célèbre des chirurgiens bleus !

À Dakar, au Sénégal, Finn a entendu dire qu'un marabout pourrait l'aider dans sa quête. Ne se fermant aucune piste, l'homme invisible lui a donc rendu visite et le marabout lui a donné un mot à conserver précieusement ! Malheureusement, Finn a du mal à s'en souvenir...
Aide-le à retrouver le mot en reconstituant le portrait.

MÉMO SCIENTIFIQUE

Un marabout est un guide, un guérisseur, chargé de transmettre les traditions et les mythes à son peuple. Le terme est devenu péjoratif en Occident, car certains praticiens sont parfois perçus comme des charlatans !

Finn est arrivé en Antarctique. Il espère gagner la base de Concordia où travaillent d'éminents scientifiques. Pour la rejoindre, plusieurs chemins s'offrent à lui. Un seul d'entre eux est le bon, sauras-tu le trouver ?

À Lima, au Pérou, Finn entend parler d'un jardinier ayant fait une curieuse découverte : certaines de ses plantes malades sont devenues transparentes par manque de fer. Serait-ce un élément clé de la formule ?
Finn doit en avoir le cœur net ! Trouve la plante qui est unique.

MÉMO SCIENTIFIQUE • MÉMO SCIENTIFIQUE •

Certains éléments, comme le fer, sont indispensables pour synthétiser la chlorophylle, un pigment vert qui absorbe l'énergie du Soleil. Si la plante en manque, elle concentrera moins sa chlorophylle et sa couleur changera.

Finn voyage jusqu'à Brasilia pour rencontrer un grand chaman. Ce dernier lui prédit qu'il va bientôt guérir. Il lui souffle d'ailleurs un indice. Lors du voyage de retour, Finn prend des notes dans son calepin, mais Griff fait encore des siennes et déchire la page ! Aide Finn à recomposer les mots de la liste. Les deux morceaux restants en forment un nouveau qui servira à l'homme invisible dans sa recherche.

SI · A · MAN · AU · NIR · VE · GUÉ · PHY · QUE · BL · CENS · CHA · RIR · EUE · EN · RA

AURA ✦ ENCENS
PHYSIQUE ✦ CHAMAN
GUÉRIR ✦ AVENIR

MÉMO SCIENTIFIQUE

Le chaman d'Amérique du Sud a un rôle de guide pour son peuple. Il sait entrer en communication avec les esprits pour leur demander des informations. Connaisseur et défenseur de la nature, c'est aussi un guérisseur et un sage qu'on vient consulter.

Finn voyage jusqu'au désert du Namib pour étudier les caméléons. Il pense avoir beaucoup à apprendre de ces animaux capables de changer d'apparence. Il a déjà mis en place huit spécimens à étudier, il ne lui en manque qu'un dernier à placer, sachant que :

- Deux caméléons ne peuvent pas avoir la même couleur quand ils sont côte à côte (horizontalement ou verticalement).
- Quand ils sont côte à côte sur une même ligne, soit les deux caméléons se tirent la langue, soit ils sont dos à dos.
- Il n'y a qu'un caméléon rayé par colonne.

Lequel Finn doit-il choisir ?

MÉMO SCIENTIFIQUE

Contrairement aux idées répandues, le caméléon ne change pas sa couleur de peau pour se fondre dans le décor. Au contraire : il change de couleur pour se rendre visible, communiquer, indiquer une humeur, ou encore faire peur à un rival.

Finn arrive en République démocratique du Congo, dans le territoire de Kabare, régulièrement frappé par la foudre. Il souhaite y étudier les fabuleuses propriétés des éclairs. Guide l'homme invisible dans ce labyrinthe jusqu'à la sortie, mais attention ! la foudre frappe sans prévenir ! Éclaire la route pour l'aider à contourner les éclairs et parvenir à destination.

Pour réaliser l'expérience qui le rendra enfin visible, Finn a besoin d'un laboratoire disposant d'accessoires particuliers. Au cours de votre voyage, il a visité plusieurs lieux qui pourraient faire l'affaire, mais il n'arrive pas à se décider. Si tu as exploré les différents endroits du parcours rose, tu devrais pouvoir l'aider. Voilà comment procéder :

✦ Reporte-toi aux « Souvenirs de Finn » au tout début de ton livre et repère les quatre souvenirs que Finn a rapportés du parcours rose. Après avoir recopié le tableau ci-dessous, associe les lieux à leur numéro. Puis, retrouve la solution de l'énigme de chaque lieu.

Billets	Lieux	Solutions
1		
2		
3		
4		

✦ Grâce à la note ci-dessous, tu réussiras à déterminer le lieu parfait pour que Finn prépare son remède en remplaçant les numéros par les solutions correspondantes.

Le lieu   se trouve dans la zone   .
Il   sept   .
Il   par   .
     de ce lieu n'a pas de lettre   .

Une fois que tu auras réuni l'assistant, la formule, le composant et le lieu, rends-toi page 42 pour tenter de résoudre l'énigme finale !

Vous avez semé les Hommes en noir ! Finn et toi avez voyagé dans le monde entier à la recherche des éléments qui permettront de mettre au point un remède contre l'invisibilité. Tu dois avoir normalement trouvé le bon assistant, la bonne formule, le dernier composant et le laboratoire dans lequel réaliser l'expérience.
En résolvant l'équation en bas de la page, tu trouveras un numéro correspondant à l'une des fins possibles. Bonne chance !

L'ASSISTANT

Bruce **(8)** Sarah **(12)** Ira **(4)** Adam **(24)** Gustave **(72)**

LA PAIRE DE LIVRES QUI DONNE LA BONNE FORMULE

1 et 2 **(3)** 1 et 4 **(2)** 1 et 3 **(7)** 2 et 3 **(0)** 2 et 4 **(8)**

LE DERNIER COMPOSANT

Diamant **(11)** Crevette **(22)** Fleur-squelette **(33)** Carotte **(44)** Soleil **(55)**

LE LIEU DU LABORATOIRE

Paris **(10)** Vancouver **(20)** Désert du Namib **(30)** Kyoto **(40)** Toronto **(50)**

{assistant} + {paire de livres} + {composant} + {lieu} - {nombre caché à Londres} = ?

34

Une grande explosion de fumée s'échappe du laboratoire ! C'est raté, essaie encore !

35

Une forte odeur de soufre envahit la pièce. Tu réalises que toi aussi, tu es devenu(e) invisible ! Il va falloir recommencer...

10

Une agréable odeur de chocolat te chatouille les narines. Finn boit la potion et s'exclame : « J'adore le chocolat chaud ! Mais c'est largement insuffisant, il va falloir recommencer. »

46

Finn est redevenu visible, mais à présent il miaule comme un chat ! Griff, lui, a le pouvoir de parler comme un être humain ! Il va falloir trouver une autre solution...

40

Griff lape la potion et devient invisible à son tour ! Finn boit la potion et... rien ne se passe. Tu vas devoir élaborer un autre remède, cette fois-ci non seulement pour Finn mais aussi pour son chat !

43

L'homme invisible s'empare de la potion, la boit et... rien ne se passe. Il hausse les épaules : il va falloir trouver une autre solution.

50

Finn s'empare de la potion et la boit prudemment. Tu le vois se matérialiser devant toi, petit à petit. « Ça marche ! », s'écrie-t-il. Mission accomplie ! Vous célébrez ce succès avec un bon chocolat chaud, même Griff a droit à un bon bol de lait. Bravo, tu as gagné !

13

La fiole contenant la potion devient invisible ! Alors que tout le monde la cherche à tâtons, tu entends un bruit de verre brisé : Griff a renversé la fiole en sautant sur la table du laboratoire ! Finn pose une main sur ton épaule : « Au moins, ce n'était pas le bon remède... »

112

Finn boit la potion et tu vois son corps réapparaître ! Fou de joie, il te prend dans ses bras et... disparaît d'un seul coup. Et réapparaît, disparaît... de plus en plus vite. « Mince, soupire-t-il, je suis devenu l'homme clignotant. Trouvons autre chose. »

SOLUTIONS

P. 8 - LONDRES

P. 9 - STOCKHOLM

Le bon scientifique s'appelle Liam.

P. 10 - PARIS

Les mots soulignés et les notes de Finn permettent de trouver dans l'ordre : les lunettes (E), le papier « L'âme agit » (N), le portrait d'une personne alitée (O), le lion en or sur le bouclier (R), l'élément terre (A), soit ENORA.

P. 11 - NUUK

« C'est le professeur Léonard. »

P. 12 - GENÈVE

Il est écrit : « Je pense que je peux vous aider à redevenir visible. Signé le Dr. A. Fantasia ».

P. 13 - ST ANDREWS

On reconnaît Finn grâce à son chapeau et à ses chaussures.

P. 14 - MILAN

La tenue qui convient le mieux à Finn est celle de Myriam.

P. 15 - BILAN DU PARCOURS VERT

Billets	Lieux	Solutions
1	Genève	Dr. A. Fantasia
2	Nuuk	Léonard
3	Paris	Enora
4	Milan	Myriam

En gardant, dans le bon ordre, la dernière lettre de chaque solution, on obtient le prénom Adam. Mais... c'est le prénom du Dr. Fantasia ! Il va vraiment pouvoir aider Finn à redevenir visible !

P. 16 - MINE DE SAUCITO

Le chemin menant à la sortie passe par les lettres F A U S S E P I S T E (« fausse piste »). La mine d'argent ne contient rien d'intéressant !

P. 17 - TORONTO

Finn a écrit : « Merci. Je retire beaucoup de joie de ce voyage. »

P. 18 - BORDEAUX

Le code permet de former la phrase : « Garder l'équation numéro trois. »

P. 19 - BOSTON

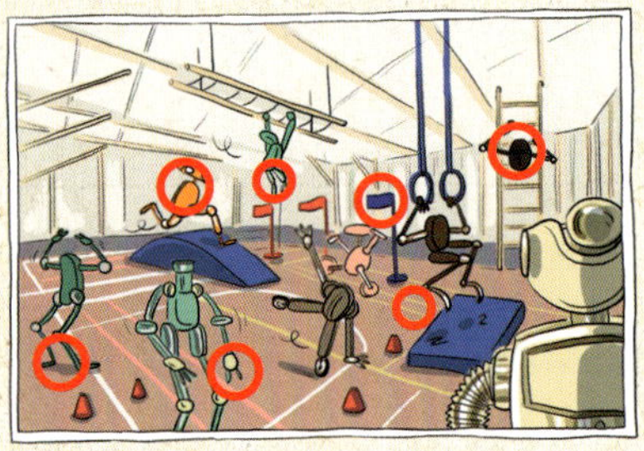

P. 20 - PANAMA

Il y a neuf papillons.

P. 21 - VANCOUVER

Une des étoiles a huit branches.

P. 22 - OCÉAN PACIFIQUE

Une fois l'image recomposée, tu peux lire « Numéro un ».

P. 23 - BAHAMAS

P. 24 - BILAN DU PARCOURS BLEU

Billets	Lieux	Solutions
1	Océan Pacifique	Numéro un
2	Bordeaux	Garder l'équation numéro trois
3	Panama	Neuf
4	Toronto	Retire

En décodant la note, on obtient la phrase : « Retire les livres neuf(s) pour garder l'équation numéro trois et la numéro un ». Finn doit donc garder les livres 1 et 3.

P. 25 – MINE D'OUDATCHNAÏA

Il faut conserver le diamant n° 2.

P. 26 – BEIJING

Les morceaux restants forment le mot « rien ».
Il n'y a donc rien à récupérer ici !

P. 27 – SINGAPOUR

P. 28 – BANGKOK

C'est la crevette n° 3.

P. 29 – PARC NATIONAL DE DAISETSUZAN

Il y a dix fleurs-squelettes.

P. 30 – KYOTO

C'est le maître n° 5 qui propose à Finn d'essayer la méditation.

P. 31 – FUZHOU

Le chemin menant à la sortie passe par les lettres TUASGAGNÉUNECAROTTE (« tu as gagné une carotte »).

P. 32 – BILAN DU PARCOURS VIOLET

Billets	Lieux	Solutions
1	Mine de Oudatchnaïa	Diamant n° 2
2	Bangkok	Crevette n° 3
3	Parc de Daisetsuzan	10 fleurs-squelettes
4	Fuzhou	1 carotte

La comptine précise qu'il faut garder l'élément qui porte le chiffre pair le plus petit, soit le chiffre 2. Il s'agit du diamant.

P. 33 – PERTH

P. 34 – AUCKLAND

La bonne ombre est la C.

P. 35 – DAKAR

Le portrait reconstitué donne le mot « lettres ».

P. 36 – CONCORDIA

Le bon chemin part de la lettre « O ».

P. 37 – LIMA

La plante n° 6 est unique.

P. 38 – BRASILIA

Les morceaux restants forment le mot « bleue ».

P. 39 – DÉSERT DU NAMIB

Le bon caméléon est le n° 4.

P. 40 – KABARE

P. 41 – BILAN DU PARCOURS ROSE

Billets	Lieux	Solutions
1	Dakar	Lettres
2	Auckland	C
3	Concordia	« O »
4	Brasilia	Bleue

Le lieu parfait se trouve dans la zone bleue. Il contient sept lettres. Il finit par « O ». Le nom de ce lieu n'a pas de lettre C. Le seul endroit sur la carte qui remplit tous ces critères est la ville de Toronto.

P. 42-43 – ÉNIGME FINALE

Adam (24) + 1 et 3 (7) + Diamant (11) + Toronto (50) – 42 = 50
La bonne fin est celle qui porte le numéro 50.

Nuuk
p. 11
Vancouver
p. 21
Toronto
p. 17
Boston
p. 19
Bahamas
p. 23
Mine de Saucito
p. 16
Dakar
p. 35
Panama
p. 20
Océan Pacifique
p. 22
Lima
p. 37
Brasilia
p. 38
Désert du Namib
p. 39
N
O
E
S
Début du parcours vert : page 8
Début du parcours bleu : page 16
Début du parcours violet : page 25
Début du parcours rose : page 33